MIT DEM HERZEN DABEI

ÜBER DIE AUTORIN

Jahrgang 1946, gebürtige Hamburgerin, jetzt im Harz lebend, verheiratet, drei Kinder, neun Enkel, vier Urenkel.

Berufsweg: Buchhaltung, Kasse, Pflegedienst und Gastronomie.

Seit dem Rentenbeginn widmet sie sich neben ihrem sozialen Engagement mit Leidenschaft dem Schreiben.

Ihr erstes Buch "Mittendrin" ist 2011 erschienen.

RITA MARIA HADLER

MIT DEM HERZEN DABEI

GESCHICHTEN VON GESTERN UND HEUTE

DIE ERINNERUNG BLEIBT

Bibliografische Information der Deutschen Nationalbibliothek:
Die Deutsche Nationalbibliothek verzeichnet diese Publikation in der Deutschen Nationalbibliografie; detaillierte bibliografische Daten sind im Internet über http://dnb.dnb.de abrufbar.

© *2013 Rita Maria Hadler*

Titel: Bod

Lektorat: Dr. Gabriele Hefele
Fotos: Rita Maria Hadler, Gabriele Hefele, Doris von Kornatzki, SUR deutsche Ausgabe

Herstellung und Verlag: BoD – Books on Demand, Norderstedt
ISBN: 978-3-7322-2691-7

Inhalt

VORWORT	7
MEINE MUTTER UND KARSTADT - DIE KAUFHAUSLEGENDE	9
QUETSCHKOMMODE - EIN KINDERTRAUM	11
EINE KLEINE ANEKDOTE -	15
CAMPERTAGEBUCH: Reiseerlebnisse von Atlantik bis zum Mittelmeer	16
CAMPERFREUD - CAMPERLEID	39
RONJA – DIE RÄUBERBRAUT	51
EIN GESUNDHEITSZENTRUM MEIN TRAUM	55
VORSORGE - WIESO EIGENTLICH?	64
EIGENTÜMERGEMEINSCHAFT - NUR EIN WORT?	69
SCHLUSSGESCHICHTE ÜBER MEINEN GELIEBTEN „PECHVOGEL"	72
MEIN SCHLUSSWORT	78

VORWORT

Meine Schwester erzählte mir, als ich ihr von meinem ersten Buch berichtete, dass unsere Mutter zu ihr vor vielen Jahren sagte, dass sie über ihre zahlreichen Erlebnisse doch glatt ein Buch schreiben könnte.

Nun ist es Wahrheit geworden, nur dass ich das Schreiben gewagt habe.

Unsere Mutter hat ja sogar zwei Weltkriege miterlebt. Im ersten (1914 - 1918) hat sie als ältestes Kind von Dreien jeden Morgen ihre Geschwister versorgt und zur Schule geschickt, wo sie doch selbst erst neun Jahre jung war. Ihre Mutter, also meine Großmutter, musste schon früh am Morgen in einer Fabrik arbeiten. Mein Opa war im Krieg. Einen Anspruch für einen Kita-Platz hatte man damals ja bekanntlich noch nicht.

Später dann nach Mutters Heirat, als der II. Weltkrieg (1939-1945) in vollem Gange war, gab es einen rabenschwarzen Tag für meine Mutter. Gleichzeitig kam meine Schwester in Kinderlandverschickung nach Bayern, mein Vater nach Russland (es wurden zwei Jahre daraus) und Mutter selbst wurde zum Kartoffelschälen im Tempo-Werk Vidal eingeteilt. Natürlich hatten wohl alle Menschen ihre Erlebnisse und meistens schlechte, in der sicher schwiergen Zeit.

Ich wurde ja erst in der Nachkriegszeit geboren, die ja auch nicht einfach war, wie man durch Erzählungen mitgeteilt bekam. Der Neuaufbau des Landes hat aber

Arbeit für alle und einen guten Zusammenhalt der Menschen gebracht.

Die folgenden Erinnerungen schreibe ich auch für meine Kinder und Enkel auf.

Rita Maria Hadler

MEINE MUTTER UND KARSTADT - DIE KAUFHAUSLEGENDE

Beinahe jeden Tag, wenn ich in den Briefkasten sehe, sind Prospekte von Karstadt/Goslar drin. 130 Jahre Bestehen von Karstadt heißt es dort. Eröffnung im Jahre 1881.

Dazu fällt mir dann wieder ein, dass meine Mutter vor vielen Jahren, es muss das Jahr 1922 gewesen sein, in dem Warenhaus Hamburg-Mönckebergstraße eine Bürolehre gemacht hat.

Für damalige Verhältnisse ja ein Riesending. Die meisten Mädchen haben doch zu der Zeit noch keine Ausbildung absolviert. Meine Mutter fuhr also jeden Tag morgens von Buxtehude bis Hamburg und abends wieder zurück. Sie hat mir früher einmal erzählt, dass sie Herrn Rudolf Karstadt, den Gründer, natürlich gut kannte. Jeden Tag ging er persönlich durch die Abteilungen und begrüßte alle Angestellten mit Namen. Das Arbeitsklima war sehr gut und Mobbing unbekannt.

Bis eben vor ihrer Heirat mit meinem Vater im Jahre 1928 in der so wahnsinnig schwierigen Zeit der Wirtschaftskrise war meine Mutter dort beschäftigt.

Dort hat sie auch Alma kennen gelernt, die immer auf der Fahrt zur Arbeit in Hausbruch zustieg. Sie machte bei Karstadt eine Lehre als Hutmacherin und beide wurden die besten Freundinnen.

Diese Geschichte möchte ich meiner Mutter widmen, einer wirklich mutigen Frau.

Ganz links: meine Mutter mit Karstadt Kolleginnen

QUETSCHKOMMODE - EIN KINDERTRAUM

Diese Geschichte möchte ich der Musik widmen. Irgendwie gehört sie für mich zum Leben dazu.

Eigentlich schon seit frühen Kindertagen habe ich mich zur Musik hingezogen gefühlt. Sogar später in der Handelsschule habe ich im Chor mitgesungen und laut Lehrer mit brauchbarer Stimme. Wahrscheinlich habe ich dieses Talent von meinem Vater geerbt, der fantastisch Mandoline spielen konnte.

Manchmal, heute noch, höre ich direkt den Klang von damals in meinem Ohr. Immer, wenn wir Besuch hatten, oder besser gesagt, wenn mit Freunden gefeiert wurde, holte er auf allgemeinen Wunsch die Mandoline hervor und spielte darauf.

Früher in seinen jungen Jahren gab es sogar ein Mandolinenorchester im Ort und sonnabends wurde zum Tanz aufgespielt und der Saal soll rappeldicke voll gewesen sein. Dieses habe ich nur vom Hörensagen, da ich ja noch nicht geboren war. Vater spielte immer nur nach Gehör, nie nach Noten.

Musik, Musik

Mit circa neun Jahren bekam ich Akkordeon-unterricht.

Genau gegenüber von unserem Haus wohnte die Musiklehrerin. Die Notenübungen mit ständigen Tonleitern fand ich aber total grausam. Zu Weihnachtsfeiern auf der Bühne waren wir, ein paar andere Schüler und ich immer sehr begehrt und hatten auch selbst viel Spaß dabei.

Ich habe dann, als ich verheiratet war und Kinder hatte, mit dem Spielen aufgehört. Mein Mann ist nicht so ein Musiknarr wie ich. Zum Tanzen sind wir aber trotzdem immer gern gegangen. Des öfteren waren wir auch im Operettenhaus, vor allem mit den Kindern zu den Weihnachtsmärchen und in der Staatsoper in Hamburg.

Die Kinder haben wir in einer Musikschule angemeldet. Stefan spielte Gitarre, Claudia Akkordeon und Christina Flöte. Nur unsere Jüngste hat aber weitergemacht und ihre Musikkonzerte mit der Flöte können sich hören lassen.

Zufällig waren wir gerade im August 1977 ein paar Tage mit den Kindern in Berchtesgaden im Urlaub. Am 16.8. dann die Hiobsbotschaft: Elvis Presley ist tot. Das war für unseren Sohn Stefan direkt schon damals ein Schock. Er liebte seine Musik und den Rock'n'Roll. Später in der Tanzschule war Stefan einsame Spitze dabei und es gab sogar verschiedene Fernsehauftritte.

Am Todestag von Elvis trafen sich später die Fans jedes Jahr und marschierten durch Berlin, wo wir ja von 1979 - 87 gewohnt haben. Die Mädchen mit Petticoats und

Pferdeschwanz, die Jungen mit Tolle und einem Haufen Pomade im Haar, nicht zu vergessen die spitzen Schuhe.

Später mal war ich mit Stefan und Schwiegertochter Marion in einer Tanzbar, wo die zwei getanzt haben. Das sah so faszinierend aus, dass alle Besucher aufgestanden sind und am Parkettrand geklatscht haben. Für mich ein umwerfendes Erlebnis, das mich sehr stolz gemacht hat.

Inzwischen sind Jahre vergangen, aber irgendwie habe ich, nun ja schon in Rente, das Gefühl als müsste ich wieder mit dem Akkordeonspielen anfangen. Ist das vielleicht lächerlich, oder wäre das eine Variante um Freude auszudrücken und Probleme abzubauen?

Nach längerem Überlegen bin ich mir inzwischen sicher - ich fange wieder an! Notenhefte sind noch einige vorhanden, aber eine Quetschkommode müsste ich mir wieder neu anschaffen, die alte habe ich vor vielen Jahren schon weggegeben.
Wie sagt man so schön in Bayern: schau'n wir mal!

*Der Zweite von links ist mein Vater mit seinen
Mandolinenfreunden*

EINE KLEINE ANEKDOTE -

BLEIBENDER SPRUCH MEINES MANNES

Heute morgen gingen mein Mann und ich den Strand entlang, sogar barfuß. Die letzten drei Tage des Jahres 2011 waren angebrochen. Da sagte ich plötzlich, so aus dem Stegreif heraus: „65 Jahre bin ich die längste Zeit gewesen! Demnächst, in fünf Tagen, werde ich 66 sein, genau wie du!"

So alt schon, ist ja irgendwie schrecklich. Da sagte mein Mann mit großer Hingabe zu mir: „Was willst du? Du hast doch alles, was man sich erträumt und zwar:
Einen Chauffeur
Einen Koch
Einen Handwerker
Einen Reiselciter
Einen Dauerbegleiter
Einen Hund
Ist das vielleicht nichts?"

Im ersten Augenblick habe ich verdutzt geschaut, dann war ich gerührt und schließlich musste ich nur noch lachen und dachte: "Recht hat er."
   Also sieht alles gar nicht so schlimm aus, das mit dem Älterwerden!

CAMPERTAGEBUCH:

REISEERLEBNISSE VOM ATLANTIK ZUM MITTELMEER

Wie von mir angekündigt, sind wir drei - mein Mann, unsere Schäferhündin Ronja und ich - wieder unterwegs. Per Wohnwagen zuerst wie schon im letzten Jahr ab Braunlage/Harz 600 Km durch Deutschland, anschließend 1.000 Km durch Frankreich nach Spanien.

Es ist der 2.11.2011. Wir sind gerade auf der Autobahn und haben Pause gemacht. Wir wollen hier die Nacht über stehen bleiben. Morgen wird Saragossa folgen und dann Spaniens Hauptstadt Madrid. Kurz vor Saragossa haben mich hunderte Windräder fasziniert. Gleichzeitig konnten wir riesige Apfelplantagen entdecken, als wir mit dem Hund auf Pirsch waren. Ich kam mir vor wie im Alten Land, dem größten Apfelanbaugebiet Europas bei Hamburg. Von dort ein paar Kilometer entfernt bin ich aufgewachsen.

Madrid haben wir auch geschafft. Mitten durch die Millionenstadt führte der Anschluss zur Autobahn. Völlig entnervt stehen wir auf einem Rastplatz und tanken. Weiter geht die Fahrt nach Portugal über den Grenzpunkt Badajoz. Irgendwie ein karges Land mit Olivenbäumen und Wein. Die Uhr haben wir eine Stunde zurückgestellt.

Der Sprit war sehr teuer, bald ebenso wie in Frankreich. Wir waren sehr geschockt. Auch die Maut war ziemlich hoch. Unserer Meinung nach ein riesiger Preisanstieg. Eher touristenfeindlich.

ADAC-Hilfe kann man dort nur über Spanien bekommen. Das hat uns ein bisschen Angst gemacht, denn mit dem Auto kann immer etwas passieren. Campingplätze konnten wir auch keine entdecken. Beim Nachfragen sagten uns die sehr netten Portugiesen: „Plätze gibt es nur an der Algarve."

Von Portugal nach Spanien

Eigentlich wollten wir ja nach Lissabon, aber irgendwie fanden wir alles ein bisschen zu umständlich und unsicher, sodass wir kurzentschlossen wieder nach Spanien zurück sind über Sevilla nach Cádiz. Bei späterem Erfahrungsaustausch mit anderen Campern wurde die Portugalfahrt von allen nicht als so optimal empfunden. Schade!

Wir sind also wieder in Spanien. Bei einem Halt habe ich zum ersten Mal ein Ticket-Restaurant erlebt. Alle Waren zum Essen und Trinken musste man per Knopfdruck anklicken. Dann das Geld in den Automaten stecken und die herauskommende Quittung dem Personal am Tresen geben. Sogar für ein Baguette musste gedrückt werden. Es war eine riesige Anlage mit Hotelbetten und rund um die Uhr geöffnet.

Morgens sind wir nochmal 100 Kilometer weiter gefahren. Eben vor Cádiz (wir wollten dann doch lieber erst dahin) haben wir uns einen Campingplatz gesucht und gefunden. Sogar einen gut geführten mit großer Stellfläche, sehr sauber und freundlichem Personal und zwar in Puerto de Santa Maria, direkt am Atlantik am sozusagen beinahe südlichsten Zipfel von Europa gelegen. In der Nähe von großen Sportplätzen auf der die Jugend mit voller Begeisterung trainiert. In den Fußballvereinen werden die Jungen hier schon bei Geburt angemeldet.

Wir sind also wie schon im letzten Jahr wieder in Andalusien gelandet.

Gerade haben wir drei Stunden das Auge für den Fernseher gesucht. Richtig gelesen: drei volle Stunden lang. Sämtliche Betten, zwei Stück, dann die Sitzecke hochgeklappt, wieder runter, wieder hoch. Ich habe ganz leise gewagt zu sagen, vielleicht liegt es vorne in der Klappe des Wohnwagens. Mein Mann hat steif und fest behauptet. „Da ist nichts drin." Also weiter suchen. Bis ich dann doch recht hatte.

Übrigens ist es wieder mal sonnig und warm, Novemberwetter wie im Sommer. Allerdings geht der Fernseher noch nicht. Schließlich haben wir einen Holländer gefragt, einen Soldaten in Pension, ob er uns helfen könnte.

Der hat erst mal mit einem Gerät gemessen, ob Fernseher und Receiver überhaupt genug Power drauf haben.

Ausreichend, glaubt er, ist die Kraft nicht. Also sind wir erst mal ohne Fernseher.

Heute ist der 12.11., ein Tag vor dem 66. Geburtstag meines Mannes.

66 Jahre...

Abends steht er in der Dusche vom Waschraum, schon nackt und noch 65 Jahre jung, als er plötzlich ins Rutschen kommt, gegen die Tür fällt, die aus dem Rahmen direkt auf den Flur saust und zu guter Letzt hat mein Mann noch den Türgriff in der Hand. Nach dem ersten Schreck musste er sich schnell wieder anziehen, das Missgeschick melden und wieder von neuem beginnen - in einer anderen Dusche. Alles hat mich wieder mal zum Lachen gebracht. Außer, dass ein Handwerker kommen musste, ist nichts passiert. Gott sei Dank, hätte ja auch anders ausgehen können.

Seit ein paar Tagen sind wir auf der Suche nach einer deutschen Zeitung, aber unmöglich. Vielleicht hier oder dort. Jeder Gefragte sagte uns etwas anderes. Nächste Woche werden wir mit dem Auto mal zum Bahnhof fahren, der ist ziemlich weit vom Campingplatz weg. Könnte sein, dass wir dort fündig werden.

Auch sind wir schon ein paarmal mit den Füßen im Atlantik gewesen. Probiert haben wir das Wasser auch schon und festgestellt, dass es stark salzhaltig ist. Mittelmeerwasser schmeckt nur halb so viel nach Salz.

13. November: Der 66. Geburtstag meines Mannes ist gekommen. Laut Udo Jürgens soll das Leben ja jetzt erst anfangen. Wir hatten einen schönen Tag. Eigent-

lich wollten wir ja mit der Fähre nach Cádiz fahren, aber es war stark windig und wir hatten Hemmungen, uns aufs Wasser zu wagen. Wird aber noch nachgeholt, denn Cádiz soll eine sehr interessante Stadt sein. Schon 3.000 Jahre alt und die älteste, noch bewohnte Stadt Europas.

Vor dem Rathaus in Cádiz

Cádiz, Fähre und Wolkenbruch

14. November: Endlich wollte ich eine deutsche Zeitung haben. Bei Carrefour, einem Riesensupermarkt ein paar Kilometer entfernt, sollte ein Kiosk mit internationaler Presse sein. Nachdem wir uns noch ein paarmal verfahren hatten, sahen wir endlich von weitem mit Großbuchstaben den gewünschten Laden.

Inzwischen hat es sehr stark geregnet. Besser gesagt, es schüttete vom Himmel. Zwei Wohnwagenfenster hatten wir aufgelassen, dazu noch Gartenstühle nicht aufgeräumt. Oh je, es wird wohl alles nass sein!

Nachdem wir tatsächlich die Zeitungen in der Hand hielten, sind wir zurück. Im Wohnwagen war so ziemlich alles nass. Es tropfte, besser gesagt, es rauschte von der Decke auf den Tisch. Mein Mann hatte vor einigen Tagen die abgerissene Lampe (vom Fahren) wieder angebohrt und den Nagel wohl bis ins Dach geschlagen.

Grande Katastrophe! Er hat sich sofort an der Rezeption eine Leiter (auf spanisch *estufa*) ausgeliehen, ist aufs Dach geklettert und hat das Loch mit Paste "zugeschmatzt". Hoffentlich bleibt jetzt alles trocken.

Da denke ich immer an Werner, ein wirklich lieber Bekannter aus Miami-Platja, der leider schon einige Jahre nicht mehr lebt, der uns mit Leidenschaft aufgeklärt hat, was man alles zuschmatzen kann. Es war sein Job. Bis heute befolgen wir seinen damaligen Rat und können jedes Loch und jede Ritze bei Bedarf abdichten. Toll, oder?

Es ist so weit, wir machen uns auf zur Fähre von Puerto de Santa Maria bis Cádiz. Vor circa 35 Jahren waren wir zum letzten Mal auf einer Fähre und zwar von Algeciras nach Tanger. Wir wollten Hin- und Rückfahrt buchen (4,40 Euro pro Person), *ida y vuelta*, aber es wurde nur die Hinfahrt kassiert, für die Rückfahrt sollten wir in Cádiz *billetes* kaufen. Wir haben sogar unser Fernglas mitgenommen und von der Fähre aus hatten wir einen tollen Blick über den Atlantik. 30 Minuten dauert die Überfahrt. Auf der Hälfte schaukelte es ziemlich stark.

Die berühmte Kathedrale von Cádiz

In Cádiz haben wir uns als Erstes die Kathedrale angesehen, ein Bauwerk von faszinierender Schönheit. Anschließend sind wir durch die vielen Gassen der Altstadt gegangen. Links und rechts kleine Läden und uralte Häuser. Die Straßen haben noch Kopfsteinpflaster.

Viele Taxen rauschten an uns vorbei, man musste direkt zur Seite springen. Mitten in der Stadt liegt das Hospital und die Universität. Beides schon Jahrhunderte vor Ort.

Eine Pause haben wir in einem kleinen Café gemacht und sogar super Blätterteigkuchen entdeckt, bestellt und gegessen. Schmeckte uns hervorragend. Mitten in der Stadt war auch eine, besser gesagt, ist eine Flamencoschule. Vor der Tür in Stein gehauen ein Tanzpaar in riesiger Größe. Neben dem Café ist ein Kiosk mit Zeitungen und Ansichtskarten, die ich als Tourist gleich zum Abschicken beschriftet und mit Marke versehen habe.

Wir wollten mit der Fähre um 12 Uhr 55 wieder zurückfahren. Man hätte noch viel länger bleiben können, aber unser Hund war allein im Wohnwagen geblieben. Übrigens hat er keine Probleme damit.

Plötzlich wussten wir den Rückweg nicht mehr so genau, aber zum Glück haben wir ein geöffnetes Informationszentrum gefunden und nach der Anlegestelle der Fähre gefragt. Dort wurde uns der Weg erklärt, wir waren schon ganz in der Nähe.
An einem Automaten wollte mein Mann noch eine Dose Cola drücken. Also die geforderten 1,20 Euro in den Schlitz gesteckt, aber nichts passierte. Das Geld war weg ohne Getränk. War das ein schlechtes Zeichen?
Der Automat wurde aufgeschlossen und wir hatten unseren kühlen Schluck. Dann die *billetes* gekauft und ab in den Warteraum. In zehn Minuten sollte die Fähre kommen.
Aber nichts passierte.

10, 15, 20, 30 Minuten vergingen. Endlich war sie da. Man merkte schon, dass irgendetwas nicht stimmte. Begleiter und der Kapitän liefen aufgeregt hin und her. Die Reisenden sind ausgestiegen und uns Wartenden wurde mitgeteilt, dass die Fähre erst in circa 25 Minuten zurückgehen wird.

Aber daraus wurde nichts. Plötzlich standen fünf Taxen vor der Abfahrtshalle und wir sollten einsteigen, denn die Fähre könne wegen eines Motorschadens nicht mehr vor einer Reparatur eingesetzt werden. Wir wurden also für den Rückfahrpreis von 2,20 Euro pro Person per Taxi die 12 Kilometer zurückgebracht.

Alles wurde ruck zuck organisiert und fast zur gleichen Zeit wie mit der Fähre waren wir wieder am Ausgangsort zurück. Fanden wir spitze!
Wieder mal ein erlebnisreicher Tag.

Novemberwetter

Dann folgten leider zwei Regentage. Für Andalusien aber ein Segen, weil alles immer viel zu trocken ist. Zwischendurch konnten wir aber noch unsere obligatorischen 10-12 Kilometer per pedes absolvieren.

Morgen früh werden wir bei Aldi einkaufen. Den Laden haben wir inzwischen entdeckt. Außerdem brauchen wir eine neue Schüssel für den Hund, die alte hat mein Mann beim Rückwärtsfahren übersehen und zerquetscht. Jetzt hat Ronja eine neue und sogar in Pink.

Übrigens muss ich noch erwähnen, dass ich mir auf dem Markt,, der dort immer dienstags stattfindet, plötzlich einer Eingebung nach Baumwolle zum Häkeln für Topflappen gekauft habe, samt Nadel. Über 50 Jahre habe ich mich damit nicht mehr befasst. Ich habe grün gewählt, sozusagen Hoffnungstopflappen, und gelb zum Umhäkeln. Zuerst habe ich direkt Schwierigkeiten mit dem Anfangen gehabt. Aber inzwischen flutscht es und zwei Topflappen sind schon fertig.

Am 20.November 2011 wurde in Spanien gewählt. Sieger wurde die PP - Partido Popular (44,6 %). Ein Journalist schrieb in der Zeitung: „Für Spanien beginnt eine neue Zeit - für ein sozusagen neues Land". Die Partei soll konservativ sein, wir werden abwarten müssen, was es für Europa bedeutet.

Am 28. November waren wir bei einem schottisch-italienischen Ehepaar aus Glasgow zum Kaffee eingeladen. Außer Kaffee gab es noch Wein, Käse und Gebäck. Die Vielfalt auf dem Tisch hat uns total erschlagen. Wir haben viel gelacht und natürlich nur auf Englisch "gequasselt".

Am 11.11.11 waren die Zwei 50 Jahre verheiratet. Toll, nicht?

Um den kleinen Rausch abzubauen, sind wir abends nochmal losgewandert und zwar auf einem verbotenen Weg. Gott sei Dank hat uns niemand gesehen am Pier. Drei Kilometer den Atlantik rein, bald bis ans Ende der Welt. Links und rechts Wasser soweit das Auge reicht. In der Ferne, in weiter Ferne Lichter von Puerto de Santa Maria. Auf dem Wasser fuhren Fischerboote vorbei. Ab und zu überholten uns Angler mit Moped, natürlich auch verbotenerweise. Zu Anfang des Weges war ein Schild angebracht:

„Keine Personen und Autos!" Mit dampfenden Schuhen beziehungsweise Socken sind wir wieder auf dem Campingplatz gelandet.

In der Sherry-Bodega

Am kommenden Tag, dem 29. November, wollen wir bei Osborne Visite in der Bodega machen. Um 12 Uhr 30 sollen wir uns laut Sekretariat dort zur Besichtigung einfinden. Dauer der Besichtigung: eine Stunde für 7,50 Euro mit Verkostung pro Person. Soll auf Deutsch abgehalten werden. Mal sehen, was uns so erwartet. Ich bin gespannt wie ein Flitzebogen.

Es ging pünktlich los. Wir wurden von einer Frau in Empfang genommen. „Guten Tag", sagte sie: „Mein Name ist Helga Müller, obwohl ich Spanierin bin, aber meine Eltern stammen aus Köln. Ich werde Ihnen hier alles erklären. Zuerst sehen wir uns einen Film an."

Man fühlte sich wie in einem richtigen Kino. Es wurde dunkel und die Geschichte der Osbornes begann. 1772 kam Thomas Osborne aus England nach Cádiz und begann hier in Puerto de Santa Maria mit der Sherry- und Weinbrand- Produktion. Inzwischen wird das Unternehmen in der sechsten Generation als Familienbetrieb geführt.

Circa 240 Aktionäre, alles Osborner, umfasst die Firma. In 50 Ländern der Welt sind sie präsent. Das Markenzeichen der Firma, in den 50er Jahren eingeführt, ist der berühmte schwarze Stier, den man überlebensgroß als Werbebild überall an den Straßen von Spanien sehen kann. Übrigens gibt es Stierkämpfe hier in Andalusien auch immer noch. Aber nur in den Sommermonaten Juli und August. In Katalonien wurden die Kämpfe ja schon abgeschafft.

In der Bodega hat Frau Müller uns die Herstellungsweise der verschiedenen Sherry-Sorten erklärt und demonstriert. Alle Räume sind voll mit circa 5.000 Holzfässern. Für uns sehr imposant.

Der Sherry wird (ich denke, nur wenige wissen es) nur aus weißen Trauben gewonnen, auch wenn seine Farbe bis fast ins Schwarze hineingeht, was durch verschiedene Reifeprozesse erreicht wird.

Trotz der großen Hitze, die ja hier in Andalusien herrscht, wird durch die Nähe zum Meer (ein Kilometer entfernt) die Luftfeuchtigkeit konstant in den Räumen gehalten. In Sevilla (100 Kilometer entfernt) wäre diese Herstellung nicht möglich, da die Luft zu trocken ist.

Der günstige Standort in Puerto de Santa Maria bringt für die Menschen dringend gebrauchte Arbeitsplätze. Zum Abschluss der Visite konnten wir verschiedene Sherry- Arten von mild bis sehr süß probieren. Der Alkoholwert liegt bei 12 - 20 %. Für uns eine sehr überraschende Höhe der Prozente. Schmeckte super und fuhr uns aber auch, besonders mir, sehr stark in die Glieder.

Es war ein wissensreicher und lustiger Nachmittag, sehr weiterzuempfehlen.

Die Bodega von Osborne

Campingfreundschaften

Ich muss jetzt mal erwähnen, dass die Campingart sich vollkommen gewandelt hat. Wohnmobile und Wohnwagen haben inzwischen eine Top-Ausstattung, oftmals Luxus pur, und die meisten Urlauber können den für mich so einzigartigen Touch des Campens nicht mehr richtig rüberbringen und zwar das einfache Leben miteinander unter freiem Himmel.

Gerade ist mein Mann vom Tanken zurückgekommen: der Liter für 1,29 Euro. Wir wollen ja wieder weiterfahren und da fällt mir ein, dass Diesel hier teurer ist als Normalbenzin. Die Sorte E10 wird hier gar nicht angeboten.

6. Dezember, Nikolaustag. In Spanien ein Feiertag. Die Geschäfte sind geschlossen. Aber weil es ein Dienstag ist, ist Markttag. Menschenmassen drängeln sich dort und wir mittendrin. Sagenhafte Atmosphäre. Oliven und Rosinen haben wir uns mitgebracht.

Um 15 Uhr waren wir zum Kaffee, dem Abschiedstreffen, bei Anne und Guido eingeladen. Vorher sagte ich schon: "Aber nur kurz und nur ein Schlückchen", denn wegen unserer Abreise wollten wir ja noch packen. „Ja gut einverstanden", meinten beide. Konversation auf Englisch.

Wir also pünktlich zur abgemachten Zeit nach Gegenüber. Aber was sahen wir dort: einen Riesentopf auf dem Tisch - und was wurde gekocht? Pasta auf original italienische Art. Wir, besonders ich, waren am Protestieren, wir wollten doch nur kurz kommen. Die beiden antworteten wie mit einer Stimme: „Wir wollten euch doch nur mal zeigen, wie so richtige Pasta schmeckt!

20 Minuten mussten die Nudeln kochen. Ab und zu kochte schon das Wasser über, aber endlich war alles fertig. Noch die Soße dazu, dann Käse darüber und die Teller gefüllt. Nicht nur die Tischdecke, auch das Geschirr war vom Feinsten. Der Rotwein wurde eingeschenkt und wir konnten essen. Es schmeckte, was soll ich sagen, nicht einfach nur gut, sondern supergut.

Jetzt dachten wir, gibt es noch den angekündigten Kaffee. Den gab es, aber außerdem wurden wir noch mit vielen Leckereien verwöhnt. Erstmal Nachtisch in Form von Joghurt und Obst. Dann den angekündigten Espresso mit einem Schuss Weinbrand dazu. Es folgten Pralinen und verschiedenes Gebäck in richtig großer Vielzahl.

Anne und Guido meinten es natürlich gut mit uns, aber wir fühlten uns direkt unwohl bei soviel Auftischung. Mir persönlich war alles zu reichhaltig. Wir haben uns auch gut unterhalten. Von den Kindern, sie haben auch drei, den Enkeln und vielen anderen Erlebnissen. Schließlich haben wir uns mit Gewalt verabschiedet. Es waren ja schon drei Stunden vergangen. Morgen wollen wir weiterfahren und vorher noch Adressen austauschen. Vielleicht gibt es nochmal ein Wiedersehen.

Anne und Guido wollen später nach Marbella weiter und wir zuerst nach Gibraltar. Da Anne ja Schottin ist, musste ich noch eine Frage loswerden: Ob Guido manchmal auch einen Kilt trägt? Da mischte er sich lauthals ein und sagte „Nein!" Aber der Sohn trug auf seiner Hochzeit einen Kilt, und ich wollte natürlich wissen, was man darunter trägt. Es heißt ja, unterm Schottenrock ist gar nichts darunter. „Also es stimmt", sagte Anne, „man trägt nur den Rock". Mein Kommentar war noch: „Hoffentlich ist nicht gerade Wind. Dann…" Natürlich mussten wir sehr schmunzeln.

An der Grenze zu zwei Kontinenten

Es ist der 7. Dezember und gerade haben wir den Campingpatz nach vier Wochen wieder verlassen, nicht bevor wir uns von Anne und Guido herzlichst verabschiedet haben.

Dann ab Richtung Algeciras. In Gibraltar haben wir Stopp gemacht. Auf einem großen Parkplatz hielten wir an, versorgten den Hund und sind dann zu Fuß über die Grenze. Vorher Passkontrolle und dann waren wir auf Gibraltar. Ein Riesenverkehr dort. Den Felsen haben wir schon von der Grenze aus gesehen. Man nennt ihn Affenfelsen. Gigantisch und von einer einzigartigen Schönheit. Die Affen sind inzwischen schon so zutraulich, dass sie vor den Fenstern der Einwohner sitzen - das kommt vom Füttern der Besucher.

Gibraltar, der „Affenfelsen"

Auch einen Flugplatz gibt es dort. Mein Mann und ich haben dort in die Eingangshalle geschaut, wurden aber freundlich aufgefordert zu gehen. Spaniens und Englands Geschichte rund um Gibraltar ist auf einer Fotoreihe an einer Durchgangswand dokumentiert und festgehalten.

Am Straßenrand stehen Häuser sogar mit mehreren Stockwerken. Inzwischen wohnen 30.000 Menschen auf Gibraltar einschließlich Tankstellen, Geschäfte und Banken zum Geldwechseln. Sogar ein Hospital, eine Schule und ein Postamt haben wir entdeckt. Nicht zu vergessen Pubs und andere Lokale zum Essen und Verweilen. Außerdem kann man dort überall zollfrei einkaufen, was sehr stark genutzt wird, auch von uns.

Die ganze Atmosphäre hat uns total gefangen genommen. Beim Rausgehen musste man wieder die Ausweise vorzeigen. Rein den Engländern, raus den Spaniern. Jedes zweite Auto wurde ganz genau kontrolliert. Die Spanier haben den Kampf um Gibraltar noch nicht aufgegeben.

Inzwischen war es schon dunkel und der Felsen wurde angestrahlt. Total malerisch. Die Nacht haben wir noch auf dem Parkplatz verbracht und uns den Felsen des öfteren angeschaut. So wichtig fanden wir das Schlafen an so einem aufregenden Tag nun auch wieder nicht. Schon wegen lauter Musik aus einer Disco wäre es unmöglich gewesen. Mit dem Hund sind wir dann noch ans Wasser zum Spielen. Deutsche Zeitungen hatten wir uns auch besorgt. Aber Postkarten, die ich von Gibraltar verschicken wollte, gab es nirgendwo. Das soll angeblich von den Engländern nicht erwünscht sein. Unglaublich.

Schöne Costa del Sol

Am 8. Dezember sind wir wieder weiter und stehen jetzt auf einem Campingplatz, sechs Kilometer von Estepona entfernt. Die Anlage hat sogar einen Pool, das Wasser wird durch Solartechnik erwärmt.

Wir haben auch wieder unser Vorzelt aufgebaut und - beinahe schon ein Wunder - das Fernsehen zum Laufen gebracht und zwar ohne Monteur. Sehr viele Katzen springen hier hin und her, immer auf der Suche nach etwas Essbarem. Gleich in der ersten Nacht haben sie die Wurst von unserem Hund halb aufgefressen. Mein Mann war direkt stinkig. Jetzt sind wir schlauer und verpacken alles fest in einen Eimer.

Da Estepona ja wie schon erwähnt, sechs Kilometer entfernt ist, sind wir per Bus hingefahren. Pro Person 1,11 Euro. Später sind wir dann auch am Strand entlang hin gewandert. Bei Carrefour, dem Supermarkt, sind wir ausgestiegen, denn plötzlich mussten wir ja eine Fernsehzeitung haben. Die vorigen knapp sechs Wochen hatten wir ja noch keinen funktionierenden Fernseher. War aber für uns keine Katastrophe.

Direkt an der A7, der Küstenstraße, einen Kilometer vom Campingplatz entfernt, befindet sich ein Gesundheitszentrum, das 24 Stunden offen ist. Unser Traum für Braunlage zuhause! Es würde also gehen, so eine Versorgung zu erschaffen. Spanien macht es uns vor und zeigt, dass so etwas Wirklichkeit werden kann.

Estepona, auch gern „Klein-Marbella" genannt

Am nächsten Morgen sind wir per Bus nach Marbella gefahren. Circa 20 Stationen vom Campingplatz entfernt. Fahrzeit 40 Minuten und Fahrpreis pro Person 1,91 Euro eine Strecke und zurück das gleiche. 200.000 Einwohner hat der Ort inzwischen und es geht den Bürgern anscheinend viel besser als im übrigen Spanien. Da ja viele Prominente dort wohnen oder den Urlaub verbringen sind die Preise in Hotels und Geschäften dementsprechend hoch.

Der Ort ist sehr gepflegt und man spürt den Luxus überall, obwohl wir auch festgestellt haben, dass es hier wie im übrigen Spanien viele Menschen gibt, die nicht so begünstigt sind. An vielen Fenstern von Wohnungen und Läden befinden sich Schilder mit *en venta* (zu verkaufen) oder *se alquila* (zu vermieten).

Trotz der hohen Preise haben wir uns Kaffee und Kuchen gegönnt und das Treiben rundherum so beobachtet. Wir saßen auch am Hafen mit Blick aufs Mittelmeer und haben dabei einen Hubschrauber bei der Landung beobachtet. Der Landeplatz ist extra bis ins Meer vor den Hotels angelegt für die VIP-Society! Ansichtskarten habe ich auch noch verschickt. Das ist inzwischen eine altmodische Art, wo doch alles per Internet oder Mail erledigt wird.

Diese Nacht wurden wir mal wieder durchgeschüttelt. Ein Orkan war am Arbeiten. Das Vorzelt hatte mein Mann aber 1a aufgebaut und es bewegte sich nur minimal. Ja, man lernt ständig dazu.

Am Rande sei nochmal kurz erwähnt, dass mein Mann und ich seit dem 12. Dezember inzwischen 48 Jahre zusammen sind! Wir sind in die gleiche Schule und Klasse gegangen. Also kennen tun wir uns schon viel länger: Auch unsere drei Kinder haben dort übrigens die Schulbank gedrückt.

Da vergleiche ich uns immer mit Loki und Helmut Schmidt, die sich ja auch trotz des langen Zusammenseins laut Presseberichten gut verstanden haben sollen. Heute heißt es doch oftmals, wer so lange schon zusammen ist, wäre zu bequem, möchte keine Veränderungen und hält lieber durch, sogar wenn alles ohne Spaß und Freude ist. Trennung würde ja außerdem noch teuer sein. Kann man doch auch als Liebe bezeichnen oder?

Das Gleiche sagt man ja inzwischen auch, wenn jemand lange in einer Firma gearbeitet hat und nie einen Wechsel ins Auge gefasst wurde, obwohl sich diese beiden Dinge meiner Meinung nach nicht miteinander vergleichen lassen, oder? Den Wechsel in eine andere Firma würde ich stark begrüßen, allein schon, um neue Erkenntnisse zu erfahren und weitergeben zu können.

Nichts geht über Oliven

Die Rede muss jetzt von einem ganz anderen Thema sein und zwar von der Olive.

Wir verwenden sie inzwischen in allen Variationen. Wir essen sie nach spanischer Art zum Wein. Wir machen unseren Salat mit Olivenöl an. Wir benutzen Creme mit Oliven, was unsere Haut, Füße und Hände eingeschlossen, samtweich macht.

Eine vielseitige Frucht, die außerdem noch die Verdauung anregt. Im Alter haben ja, wie ich von mir weiß, viele Menschen damit ein Problem. Also, die Olive ist ein wertvoller Begleiter des täglichen Lebens. Hier in Spanien sind alle Versionen für wenig Geld zu bekommen. Darum sollten wir, wann immer die Möglichkeit besteht, sie nicht links liegen lassen, sondern vor allem mit auf den Speiseplan setzen. Natürlich sollten wir auch die Knoblauchzehe nach diesem Loblied auf die Olive nicht vergessen, öfter mal benutzen. Noch dazu, wo der spanische Knoblauch milder ist als man ihn sonst kennt.

Abends im Bett und auch, wenn die Sonne scheint auf einer Liege, lese ich gerade das Buch von Bettina Selby Der Jakobsweg: Mit dem Fahrrad nach Santiago de Compostela, das ich sehr interessant finde. Ich dachte zum Beispiel, dass man nur zu Fuß den Weg gehen darf. Nein, auch per Fahrrad oder sogar per Pferd. Das war neu für mich.

Wir haben den letzten Tag des Jahres 2011, den 31. Dezember erreicht. Millionen von Euro werden wieder in den Himmel geschossen. Meiner Ansicht nach unsinnig, denn das Geld würde wesentlich sinnvoller gerade jetzt in der so schwierigen Wirtschaftslage eingesetzt werden können. Ich bin nicht gegen Vergnügen, aber schwer zu verstehen ist das alles schon.

Hier in Spanien finden wenige Knallereien statt. Auf jeden Fall können davon die Tiere, besonders Hunde und Katzen profitieren. Aber auch viele Menschen, hauptsächlich alte und kranke, haben es dadurch leichter und können sich über eine ruhigere Art von Jahreswechsel freuen.

Das Jahr 2012 ist also da. Herzlich willkommen und auf ein Neues. Am folgenden Tag, dem 2. Januar, ich bin nun auch wie mein Mann 66jährig, sind wir per Bus nach Estepona gefahren. Mit Schmetterlingen im Ohr (man hat sie nicht nur im Bauch, wie ich vor ein paar Tagen erfahren habe), ein Geschenk meines Mannes, natürlich in Grün, meine Freude ist groß.

Wir sind am Strand entlang und quer durch die Stadt zum Hafen gewandert bis zum Fischmarkt. Dort kann man Fische direkt frisch vom Fang kaufen. Die Netze der Fischer waren ausgelegt und wurden teilweise ausgebessert. Außerdem haben wir einem Künstler zugeschaut, der aus Sand Figuren hergestellt hat. Im Gespräch haben wir erfahren, dass er aus Thüringen stammt und schon seit Jahren in Estepona lebt.

Hier sieht man viele, sogar sehr viele Läden, Häuser und Wohnungen zum Verkauf angeboten oder zum Vermieten. Andalusien hat 900 000 Arbeitslose. Ist schon eine große Zahl, knapp 9 Millionen im gesamten Spanien. Circa 44 Millionen Einwohner hat das Land. Die Mittelschicht bricht immer weiter raus. Es tendiert nur noch nach oben und unten.

Anschließend sind wir zum Kuchenessen in ein Café marschiert. Gehört ja unbedingt dazu, wenn man Geburtstag hat, oder etwa nicht? Die Torte war wieder wahnsinnig süß, für Spanier gerade richtig und für mich auch.

Einige Tage lief alles im grünen Bereich. Wir sind viel am Strand gewesen und immer wieder dachte ich, wie schön wir es hier in der Sonne haben, im Vergleich zum nasskalten, frostigen Harz.

CAMPERFREUD - CAMPERLEID

Heute beim Duschen ein Wahnsinnsschock für mich. Ich wollte gerade die Haare abspülen, Shampoo war schon auf dem Kopf verteilt, als kein Wasser mehr kam. Abrupt nichts mehr. Gerade war es noch am Laufen und plötzlich - stopp. Ich habe gerufen, es war schon mehr lautes Schreien. Aber niemand war in der Nähe. Es wurde wohl repariert, aber kein Zettel hing irgendwo. Später erfuhr ich, dass es plötzlich einen Rohrbruch gab und das Wasser abgestellt werden musste. Im Film hat man so etwas ja schon gesehen, aber eben nur im Film.

Dabei war nicht mal Freitag der 13. Für Spanier wäre der Unglückstag ja der Dienstag der 13. Mein Mann hat sich natürlich kringelig gelacht, als ich es ihm erzählt habe und ich habe mich ihm angeschlossen. Naja, Schwamm drüber! Später habe ich dann die Prozedur wiederholt.

Auch habe ich erfahren, dass die Zeitung SUR - Deutsche Ausgabe (75 Jahre Bestehen in diesem Jahr, Stammhaus in Málaga), von mir und meinem Buch einen Bericht abdrucken will. Die dafür zuständige Journalistin hat sich bei mir gemeldet und wir haben einen Termin für den 31.1. ausgemacht.

Am 20. Januar kam es gerade in den Fernsehnachrichten: Schlecker, der Drogeriemarkt, hat Insolvenz beantragt. Für mich unglaublich: 30.000 Mitarbeiter in Deutschland und 17.000 im Ausland und circa 7.000 Geschäfte sind betroffen.

Mal wieder waren wir auf Strandtour. Vor uns tauchten zwei Männer auf. Einer kam gerade aus dem Wasser. Wir dachten noch: "So warm ist es doch noch gar nicht". Beim Näherkommen sahen wir, dass er eine Harpune in der Hand hatte und in der anderen einen Fisch, bestimmt so 1,20 m groß, ohne Anglerlatein. Er übergab dem Wartenden den noch zappelnden Fisch. Aus einer Tüte, die schon im Sand lag, krabbelte plötzlich eine Krake heraus. Der Fischer schnappte sie und zurück damit in die Tüte. Irgendwie hatte ich plötzlich keinen Hunger mehr auf den ja so gesunden Fisch, den man zweimal die Woche mindestens essen soll. Wir sehen ja täglich viele ausgelegte Angeln und Fischerboote auf dem Mittelmeer, aber zappelnd an der Angel hatten wir noch keinen Fisch gesehen.

31.Januar 2012. In Deutschland und vielen anderen Ländern, sogar in der Türkei, ist eisige Kälte mit hohen Minustemperaturen. Hier in Spanien ist es natürlich, jedenfalls bis jetzt noch, regelrecht mild.

Wir haben außerdem den für mich total wichtigen Besuch der angekündigten Journalistin bei uns auf dem Campingplatz.

Ich hatte ja einen Leserbrief an die Zeitung geschickt zum Thema: „Wohnmobile nicht erwünscht" und dabei als P.S. erwähnt, dass ich ein Buch geschrieben habe und ob Interesse zu einer Veröffentlichung bestehen würde. Eindeutig ja!

Mehr als eine Stunde haben wir uns unterhalten, bei einer Tasse Kaffee und Schokopralinen (weil Schokolade ja glücklich macht). Zu den Notizen wurden auch Fotos geschossen. Es war wahnsinnig interessant. Die Zeitung erscheint einmal pro Woche am Donnerstag, genau wie bei uns DIE ZEIT, in der wir auch schon mal in einem Bericht („Ärztemangel auf dem Lande") erwähnt wurden.

Es soll eine Reportage über mich, meinen Mann und Hund in der SUR erscheinen, natürlich soll auch das Buch angesprochen werden. Alles auf einer ganzen Seite. Immerhin befinden wir uns ja in Spanien. Mich hat die Ankündigung eines Artikels unheimlich stolz gemacht. Die Journalistin lebt mit ihrem Mann schon seit über 10 Jahren auf einer Finca in Spanien. Sie ist gebürtige Deutsche und schreibt für die Zeitung alle 14 Tage Kolumnen.

Jetzt heißt es Geduld haben, denn viele Geschehnisse sollen ja in die Zeitung und eine ganze Reihe von Reportern geben Ihre Berichte an die Redaktion. Aber - kaum zu glauben - ein paar Wochen später war die Geschichte drin. Wir haben ja immer donnerstags beim Einkaufen die Zeitung mitgebracht und viele Informationen darin lesen können. Aber dass ich nun plötzlich auf Seite 7 zu sehen war, hat mich schon irgendwie berührt. Natürlich haben wir uns gleich mehrere Zeitungsexemplare gekauft und uns einen dicken Eisbecher gegönnt!

Der erste Februar 2012 ist da und ist gleichzeitig der 5. Jahrestag seit Überstehen meines Herzinfarktes und was soll ich sagen - ich lebe noch. Dafür danke ich dem lieben Gott, denn er hat ja meiner Meinung nach trotz der lebenserhaltenden Pillen das Oberkommando.

Die Kälte hat sich noch verstärkt in Europa, sogar Spanien hat es erwischt. Auf Mallorca gab es Schnee und zwölf Grad Minus. Diese Temperaturen hat es seit 50 Jahren nicht mehr gegeben, laut Aussage der Meteorologen. Hier auf dem Campingplatz waren heute Morgen zwei Grad Minus - ich habe es gespürt, als ich mit dem Hund meine Runde gemacht habe. Es wurde auch über hunderte Tote besonders im Osten Europa berichtet, die erfroren sind.
   Schrecklich traurig.

Formulare, Formulare

Am 8. Februar waren wir in Málaga in der Deutschen Botschaft. Mein Mann braucht eine Lebensbescheinigung für die spanische Rente. Muss jedes Jahr vorgelegt werden. Von Januar bis März hat man Zeit dazu.

Wir sind also per Auto bis Torremolinos und dann per Bahn in die Stadt. Auf dem Bahnhof Los Alamos angekommen, fuhr gerade der Zug ein. Wir also ohne Fahrkarte hinein. In Málaga haben wir am Schalter nachgelöst, weil man ja ohne Fahrschein nicht rauskommt. Ging ohne Probleme. Von Strafzahlung für Schwarzfahren keine Spur!

Mit Bescheinigung anschließend wieder zurück zum Auto. Jetzt gab es Kaffee und Kuchen zur Belohnung. Wir man bereits gemerkt hat, sind wir Riesenfans von süßen Sachen. Zum Abschluss sind wir noch Einkaufen gefahren.

Gleich gegenüber von Aldi und Lidl ist eine Tankstelle, die wir auch noch aufsuchen mussten. An den Zapfsäulen hingen Schilder mit der Aufschrift: "Bitte vor dem Tanken zahlen." Wir hatten das noch nie gesehen. Mein Mann also rein und meinte zum Mitarbeiter: „Wieviel Liter man braucht, weiß man doch vorher gar nicht." Es wurde der Ausweis verlangt von allen Tankenden, nicht nur von den Ausländern. Seit Januar haben sie es eingeführt, weil viel - sehr viel - Sprit geklaut wurde. Tausende von Litern.

Die Polizisten wollten inzwischen schon vom Pächter einen Geldbetrag kassieren für das dauernde Anfahren dieser Tankstelle. Da hat sich der Pächter überlegt, was man tun kann, um den Klau zu stoppen. Man konnte auch zum Beispiel 20 Euro vorher einzahlen und die

Säule wurde darauf eingestellt. Diese Idee finden wir Spitze und nachahmenswert.

Es ist Sonnabendmorgen, der 25. Februar und wir sind zum Einkaufen zu Mercadona, vier Kilometer vom Campingplatz entfernt, unterwegs. Auf dem Rücken jeder seinen Rucksack. Vor dem Losgehen hat mein Mann noch einen Hefeteig angesetzt und die Schüssel ins Bett gestellt zum Aufgehen. So weit, so gut.

Wir haben uns zwar einen Einkaufszettel mitgenommen, aber trotzdem war wieder mal Verführung dabei und somit der Einkauf größer und teurer. Nachdem wir aus dem Geschäft waren, sind wir noch im Café nebenan eingekehrt zu einem Cachillo (Kaffee mit einem Schuss Weinbrand), je 1,10 Euro.

Es sind viele Leute unterwegs. Wie wir meinen, liegt es natürlich am Wochenende - und diesmal auch am Feiertag, dem Andalusientag. Zurück also wieder vier Kilometer mit gefülltem, aufgeschnalltem Rucksack.

Aber wir sind stark und wollen nicht schlapp machen. Zum Essen war schon Salat angemacht, wozu wir noch Baguette mitgebracht haben. Nach knapp einer Stunde sind wir also wieder zu Hause.

Wir machen die Wohnwagentür auf, es weht uns schon ein Wahnsinnsduft von Hefe entgegen. Ich bin raus in die Sonne und mein Mann wollte schnell mal eben den Kuchen in den Ofen schieben.

Aber von wegen schnell war nichts. Der Teig in der Schüssel, die im Bett stand, war mindestens auf die doppelte Menge angewachsen. Ganz im Gegensatz zu anderen Backtagen.

Was nun tun? Wir hatten ja nur zwei Formen mit, denn wir sind ja im Wohnwagen nur mit kleinem Ofen unterwegs. Was soll's, mein Mann hat nacheinander immer wieder Teig in die Formen getan. Dann in den Ofen damit. Ehrlich gesagt sind dabei über drei Stunden vergangen!

Wir werden uns wohl nun die nächsten Tage oder sogar Wochen von Hefebrot und Kuchen ernähren müssen, anderes Brot brauchen wir nicht zu besorgen. Schmecken wird es uns bestimmt, das weiß ich und kalorienarm ist Hefegebäck auch, was unserem Gewicht bestimmt zu Gute kommt.

Campingfreundschaften 2

Schräg gegenüber von uns auf dem Campingplatz hat sich eine spanische Familie aufgebaut. Wohnwagen mit Vorzelt haben sie eines Abends gebracht. Mein Mann hat mitgeholfen, denn es war schwer, richtig in die Lücke hineinzukommen. Da erzählte das Ehepaar, sie würden am Wochenende mit den Kindern kommen. Die Frau konnte Deutsch, so haben wir dann alles richtig verstanden.

Am folgenden Sonnabend tauchten sie dann auf, zwei Kleinkinder dabei. Später sind wir ins Gespräch gekommen und haben erfahren, dass sie aus Ronda kommen, circa 100 Kilometer von hier entfernt. Die Señora fragte nach unserem Namen und sagte uns, dass sie Carmen heißt. Ich habe ihr erzählt, dass ich ein Buch geschrieben habe.

Sie war sofort interessiert und wollte es lesen. Carmen sagte auf meine Frage, dass sie in Berlin studiert hatte und darum so gut Deutsch spricht. Sie arbeitet als Ärztin in einem kleinen Dorf bei Ronda und schreibt in ihrer Freizeit Geschichten und Gedichte. Was für ein Zufall.

Am nächsten Morgen habe ich ihr mein Buch zum Lesen gebracht und sie hat gleich damit angefangen.

Als Carmen es mir wiederbrachte, habe ich sie natürlich nach ihrer Meinung gefragt und sie sagte mir doch tatsächlich, dass sie das Buch gut fand und besonders gefühlvoll. Unbedingt, meinte sie, sollte ich weiter schreiben. Mich hat diese Aussage unheimlich stolz gemacht. Wenn sie wiederkommen (Wohnwagen und Zelt haben sie vor Ort stehen lassen), bringt sie mir ihre Geschichten mit. Natürlich auf Spanisch, aber ich habe ja ein Wörterbuch dabei.

Heute also hat sie mir das Büchlein mitgebracht. Ich fragte, ob ich es später zurückgeben kann, denn ich muss mich ja erstmal durchackern. „Nein", sagte sie, „Das ist ein Geschenk, wie ich es auch meinen Freunden mache." Immerhin sind das doch Spanier und ich war ganz einfach nur überrascht und gerührt. Herzlich bedankt habe ich mich natürlich. Der Titel lautet „Postales de Granada" - Postkarten aus Granada von Carmen Hita Iglesias.

Gestern war auch die ganze Familie von Carmens Mann da, einem Mathematiker. Es ist so ganz anders als in Deutschland. Der Zusammenhalt der Familien ist ein Riesenplus. Ich finde, da haben die Südländer uns gegenüber viel voraus. Das hilft ihnen meiner Meinung nach auch jetzt in der Europakrise, wo es wenig Arbeit gibt und dadurch immer weniger Geld verdient werden kann.

4. März. Wir haben uns vorgenommen, den Tierpark Selwo Aventura zu besuchen. Auf einem Schild an der Straße schon Kilometer vor dem Park konnte man lesen: "El trozo de Africa en el Costa del Sol" - Ein Stück Afrika an der Costa del Sol.

Um 10 Uhr morgens wird geöffnet. Je Eintrittskarte kostet es 17 Euro und zwar für Rentner verbilligt. Der Normalpreis ist sonst 24,50 Euro pro Person. Sammelkarten und Karten für Kinder gibt es auch im Programm. Wie wir dann später feststellen konnten, war der Preis okay und keinesfalls als Nepp zu bezeichnen.

Vier Stunden muss man für die Besichtigung mindestens einplanen. Ein Riesengelände - ich weiß nicht wie viele Quadratkilometer – haben die Tiere als Auslauf zur Verfügung. Alle Wege sind beschriftet auf Spanisch und

Englisch und überall sind Schilder mit den Tiernamen einschließlich vieler Erklärungen der jeweiligen Heimat in Afrika. Gerade in diesem Jahr feiert der Naturpark sein10jähriges Bestehen, ist also noch ziemlich jung.

Drei Ebenen können die Besucher im Selwo-Park auch mit safariähnlichen Lastwagen anfahren. Nicht selbst sondern von total netten Fahrern wird man kutschiert. Jeden Bereich kann man sich dann in aller Ruhe anschauen, was wir natürlich mit wirklicher Hingabe gemacht haben.

Wir haben auch zwei Tiger beobachten können, als wir per Wagen in die oberste Ebene transportiert wurden. Nashörner, Giraffen und auch Löwen konnten wir sehen und fotografieren. Unvergessliche Augenblicke. Natürlich hüpften auch viele Affen von Baum zu Baum, allerdings in einem abgesperrten Bereich.

Mich persönlich haben die Elefanten am meisten fasziniert. Besonders das Baby, geboren am 19.7.2008 und die erste Elefantengeburt in Spanien. Ich war direkt aufgeregt, dass ich die Tiere so nahe sehen konnte.

Riesige Mengen Flamingos konnten wir bewundern und viele verschiedene Vögel - sogar viele Pfauen. Einer saß auf einem Dach und zeigte uns sein buntes Federgewand. Auch Krokodile und Flusspferde lugten aus einem großen Teich. Natürlich muss man die Schlangen noch erwähnen, die in dunklen, heißen Räumen in Glasvitrinen zu sehen waren. Allerdings nicht gerade meine Lieblingstiere. Aber sie gehören ja nun mal dazu.

Wir konnten uns kaum trennen von diesem Naturpark, in dem die Tiere so in Freiheit leben können und möchten dazu sagen: Leute, wenn ihr in der Nähe seid, schaut einfach mal vorbei! Zum Verweilen für zwischendurch ist auch gesorgt: Bänke, Cafés und für die Kinder Spielgeräte. Außerdem überall eine total freundliche Atmosphäre, verbreitet durch die Mitarbeiter. Irgendwie fühlte ich mich zurückversetzt in den von mir heißgeliebten Tierpark Hagenbeck in Hamburg-Stellingen, den ich oft mit der Familie besucht habe.

Mercadona – Supermarkt mit Herz

MERCADONA, der spanische Supermarkt mit Herz, der trotz oder gerade wegen der Wirtschaftskrise in 2011 20 Prozent Gewinnsteigerung aufwies. Wir, mein Mann und ich, kaufen einfach gern dort ein: Öffnungszeiten von Montag bis Samstag 9.15 Uhr bis 21.15 Uhr mit Frischfleisch und Fischabteilung.

Das Personal ist superfreundlich, die Preise moderat. Ein geräumiger Laden, hell und sauber und man fühlt sich sofort wohl, wenn man das Geschäft betritt. Angebote sind sichtbar gekennzeichnet. Die Ware frisch, gut platziert und immer aufgefüllt sowie die verschiedenen Sorten nach Datum einsortiert. Ob Pudding, Joghurt oder auch Wurst und Käse, Schokolade, Kuchen und Kekse.

Hat man eine Frage: „Wo finde ich...? *-¿Dónde está...?*", kommt die Verkäuferin oder der Verkäufer mit und zeigt einem die gewünschte Ware. An der Kasse werden von der Kassiererin die gescannten Sachen gleich in Tüten gelegt. Soweit man nicht selbst damit hinterherkommt. Auch einen Nachhauseservice gibt es für wenig Aufschlag. Der Laden wird auch täglich von einem Sicherheitsdienst überwacht, den man aber auch ansprechen darf, wenn man eine Frage hat.

Der Filialleiter ist ein total freundlicher Typ. Heute haben wir ihm einen Vorschlag gemacht, natürlich alles auf Spanisch. Wir würden es toll finden, wenn der Laden einen Einpacktisch hätte. Da sagte er zu uns, dass er darüber nachdenken würde, das fanden wir umwerfend.

Ich kann mir nicht vorstellen, dass das Personal wegen Mobbing nicht mehr zur Arbeit gehen mag, zumal auch der Verdienst stimmt. Da ich jahrelang (vor mehr als 25 Jahren) bei Aldi an der Kasse gearbeitet habe, kann ich, glaube ich, ein Wörtchen mitreden. Dort war damals auch ein super Arbeitsklima und der Verdienst hat gestimmt. Allerdings hatten wir Riesenstress, denn das Personal war wie heute dort knapp bemessen und da denke ich, ist Mercadona besser aufgestellt. Dieses gute Einkaufsgefühl haben wir auch in anderen Filialen empfunden.

RONJA – DIE RÄUBERBRAUT

Da unser Hund ja auch zur Familie gehört, soll er eine Geschichte in meinem Buch bekommen.

Hunde sind ja, wie man weiß, die besten Freunde des Menschen. Inzwischen ist unsere Schäferhündin schon 7 1/2 Jahre alt und ohne Übertreibung ein Bild von einem Hund, da sie noch dazu von Adel ist.

Es ist unser dritter Hund. Da wir, mein Mann und ich, ja nun mit großen Schritten auf die 70 zugehen, wird es sicherlich der letzte sein. Jeden Tag verlangt Ronja unsere ganze Kraft. Frühmorgens schon sind wir viele Kilometer mit ihr unterwegs im Wald. Ich glaube sogar, dass es uns fit hält, so ständig in Bewegung und an frischer Luft zu sein. Da können wir unser Gewicht halten und jegliche Erkältung kann vertrieben werden. Natürlich hat man Verantwortung, muss den Hund füttern und darf auch die Arztbesuche hauptsächlich wegen der Impfungen nicht vergessen. Das sind schon einige Ausgaben, die man hat. Versicherungen und Steuern kommen noch dazu. Viele Menschen mögen ja bekanntlich keine Hunde. Vielleicht wurden sie schon mal gebissen oder sind in ihren Dreck getreten. Auch allergische Reaktionen werden angeführt.

Dabei fällt mir ein, dass es in der Schule ein Fach geben müsste, das den Kindern das Verhalten gegenüber Tieren nahebringt. Würde ich super finden. Die Angst vor großen Hunden würde bestimmt weniger sein.

Als wir nach Braunlage in eine Eigentumswohnung gezogen sind, haben wir unsere Ronja sterilisieren lassen. Zuerst waren wir skeptisch, weil es doch immer heißt, einmal soll eine Hündin geworfen haben. Aber nach Aufklärung von verschiedenen Ärzten, soll dem nicht so sein. Wir dachten uns ja auch, dass die Läufigkeit viele Rüden vor unsere Tür treiben würde und man fortwährendes Jaulen hören muss.

Ronja mag täglich ihren Apfel

Ronja ist ein liebes, anhängliches Wesen, ein wirklich guter Freund.

Allerdings hat sie einen Fehler, den wir ihr bisher nicht abgewöhnen konnten: Sie mag keine anderen Hunde. Sieht sie einen, fängt sie schrecklich an zu bellen. Wir haben alles versucht, dieses abzustellen. Eine Hundeschule aufgesucht und jeden, wirklich jeden Ratschlag probiert.

Wir glauben, dass es von einigen Aufenthalten im Tierheim gekommen ist. Weil wir ja arbeiten mussten (im Festzelt), haben wir sie dort abgegeben und dabei ist sie wohl von anderen Hunden geärgert worden. Wissen tun wir es nicht. Zu den Menschen ist unser Hund sehr lieb. Später haben wir Ronja in eine Familie gegeben während unserer Arbeit. Sicher hätten wir gleich diese Lösung wählen müssen. Aber wer macht schon auf Anhieb alles richtig.

Jeden Abend, wenn wir Obst essen, muss ich auch für Ronja einen Apfel abschälen, den sie mit Hingabe knabbert. Was uns immer aufs Neue fasziniert ist, dass sie ihr Fressen und auch das „Saufen" immer im Liegen erledigt.

Schäferhündin Ronja ist unsere treue Begleiterin

Am liebsten gefällt unserer Hündin natürlich, wenn wir mit ihr Ball spielen. Sie ist wahnsinnig aufmerksam und sicher wäre sie auch ein guter Spürhund.

Hoffentlich kann Ronja uns noch einige Jahre begleiten, was uns total glücklich machen würde.

Ich, die Schäferhunde-Freundin von Kindesbeinen an

Wenn ich mich mit dem Hund beschäftige, dann fällt mir eine Geschichte wieder ein, die mir die Eltern sehr oft erzählten. Als ich so um die zwei Jahre alt war, bekam die Schäferhündin vom Nachbarn Junge und zwar fünf Welpen. Die Hundehütte stand draußen im Garten.

Anscheinend war ich ein richtiger Wildfang. Ich also eines Tages rüber zum Nachbarn, um mir so einen süßen Hund aus der Hütte zu holen. Aber jeder weiß doch, wie gefährlich das ist, ein Hundebaby von der Mutter wegzunehmen! Ruckzuck hatte ich mich gebückt, bin auf allen Vieren zu den Tieren gekrabbelt und mit einem der Kleinen auf dem Arm wieder rückwärts aus der Hundehütte gekommen. Meine Mutter hatte mich schon vermisst und dauernd gerufen. Dann entdeckte sie mich - vor Schreck blieb ihr die Sprache weg. Alle Nachbarn kamen aus den Häusern und standen wie festgewurzelt vor unserem Grundstück. Was würde die Schäferhündin tun?

Ich habe dann das Baby auf Zuraten der Erwachsenen wieder zur Hundemutti gebracht. Sie schmuste mit ihren Kindern. Ich kam ohne eine Schramme davon. Den Zuschauern saß der Schreck aber noch lange in den Gliedern. Ich aber wusste gar nicht, warum solche Aufregung entstanden war.

EIN GESUNDHEITSZENTRUM IN DER HEIMAT – MEIN TRAUM

Jetzt ist es an der Zeit, von meinem Kampf für ein Gesundheitszentrum, rund um die Uhr geöffnet, zu schreiben.

Da wir, wie meine Leser ja wissen, in Braunlage im Harz wohnen; eine abgelegene kleine Stadt mit circa 5.000 Einwohnern (einschließlich Hohegeiß) und ab 1.11.2011 auch mit St. Andreasberg), müßte meiner Meinung nach unbedingt die ärztliche Versorgung verbessert werden. Die vorhandenen Ärzte werden schon aus Altersgründen demnächst in Rente gehen müssen. Das Krankenhaus in unserer Nähe ist außerdem 40 Kilometer entfernt, ohne Fahrmöglichkeit und nur mit Bus teuer und umständlich zu erreichen. Für einen Herzinfarkt oder Schlaganfall schon oftmals zu spät.

Darum kam mir und meinem Mann die Idee, die Bevölkerung zu einer Versammlung einzuladen.

Im September 2009, inzwischen hatten wir auch den Apotheker vor Ort von unserem Vorhaben überzeugen können und legten den Termin fest. Auch vom Krankenhaus, der Kassenärztlichen Vereinigung und der AOK Braunschweig waren einige Vertreter gekommen. Aus Braunlage sind unter anderem Parteimitglieder der CDU dagewesen, die uns gesagt haben, dass ohne die

Unterstützung der Partei gar nichts in die Wege kommen würde.

Ehrlich gesagt, hat mich diese Aussage wahnsinnig aufgeregt. Wir wollen doch nur als Bürger für die Bürger um die so wichtige Sache Gesundheit kämpfen. Außerdem stellte sich die Frage: Wie soll die Finanzierung sein? Unser Vorschlag war, besser gesagt ist, eine Genossenschaft zu gründen, die zum Inhalt hat, eine finanzielle und soziale Verantwortung zu übernehmen. Außerdem werden Anteile ausgegeben in bezahlbarer Größe. Ähnlich dem Volksbankprinzip, also wäre auch die Mitbestimmung gegeben. Es sollte ein Pilot-Projekt werden.

Bundesweit sind ja inzwischen schon Genossenschaften erfolgreich für verschiedene Vorhaben tätig.

Das heimische Tagesblatt hat uns unterstützt, und wir hatten sogar einen Artikel in der Zeitung DIE ZEIT über "Ärztliche Versorgung auf dem Lande".

Leidenschaftlich, wie ich glaube, haben wir unser Anliegen der Bevölkerung nahegelegt. Schließlich haben wir uns entschlossen, Unterschriften zu sammeln für ein Bürgerbegehren. Vorher hatten wir auf einer Ratssitzung unser Vorhaben bekannt gegeben. Einige Monate hatten wir dann Zeit für das Sammeln der Unterschriften.

Mein Mann und ich sind also ab Oktober 2009 persönlich von Haus zu Haus gegangen und haben von den

Bürgern nach nochmaliger Aufklärung die Listen unterschreiben lassen. Sie haben es gerne getan.

Anfang März hat uns sogar das Fernsehen von „NDR-Visite" durch einen Bericht kräftig unterstützt. Das TV-Team war in der Post-Apotheke, beim Bürgermeister der Stadt, bei verschiedenen Geschäftsleuten, einem Arzt, einem Zahnarzt, bei Bürgern und natürlich auch bei mir und meinem Mann zu Hause und hat Meinungen zum Thema Arztversorgung und auch über das, was in der Zukunft passieren wird, eingeholt. Schließlich hat unser Harzörtchen ja auch viele Urlauber, sogar tausende, aus nah und fern in jedem Jahr zu Gast.

Wir hatten überwiegend positive Zustimmung von allen erhalten und über 800 Unterschriften eingesammelt. Es hätten noch mehr werden können, aber laut Aussage des Amtes waren nur 400 nötig und darum haben wir mit dem Sammeln aufgehört, allein schon wegen des Winterwetters. Rechtzeitig haben wir dann die Listen ins Rathaus gebracht und beim Bürgermeister abgegeben.

Auch Reporter von Rundfunk und Zeitung waren dabei. Einige Wochen mussten wir auf ein Ergebnis warten. Es wurde - wie sollte es auch anders sein, ich hatte es schon vermutet - abgelehnt.

In den Mühlen der Politik

Es kam dazu ein Schreiben mit Erklärung verschiedener Punkte, die wir demnach nicht eingehalten hätten. In

Niedersachsen sind von Haus aus hohe Vorgaben angesetzt. Also platzte der Traum, die so wichtige Gesundheitsvorsorge vor Ort durchzusetzen. Es sollte ja, wie schon erwähnt, ein Pilot-Projekt werden.

Im Inneren hatte ich natürlich auch den Gedanken, weil wir ja keine Sponsoren hatten (und am besten noch berühmte), verlief unser Vorhaben im Sande. Sollte die Politik recht bekommen? Dabei würden doch alle Bürger etwas davon haben.

Sogar von den Ärzten vor Ort wurden wir angegriffen, z.B. mit häßlichen Worten am Telefon (sie sahen wohl ihre Verdienstmöglichkeit schwinden) oder durch Gegenargumente im Tagesblatt ("wo sie doch Tag und Nacht im Einsatz sind", wurde gesagt). Aber viele Bürger haben uns ihr Leid geklagt, dass oftmals niemand zu erreichen war, besonders nachts und am Wochenende.

Eine letzte Möglichkeit die Gesundheitsvorsorge weiter zu bringen, sahen wir in der Kommunalwahl. Mein Mann hat sich als Stadtrat beworben und zwar als Einzelkandidat ohne Parteizugehörigkeit. Ich war als Vertrauensperson aufgestellt. Ein interessantes Neuland für mich. Wir haben in einer Druckerei Zettel drucken lassen und gemeinsam verteilt. 1.500 Stück sind an die Bürger gegangen.

Dann kam der 11. September 2011, die Spannung stieg. Ein neuer Bürgermeister sollte auch gewählt werden. Es blieb nach der Auszählung der „alte" an der Spitze. 20

Stadträte standen zur Wahl an, die Zahl war gesenkt worden, wohl um Kosten zu sparen, obwohl ein neuer Ort hinzukam, nämlich St. Andreasberg.

Das Ergebnis der Kommunalwahl stand am nächsten Tag in der Zeitung. Von 70 Bewerbern für den Stadtrat wurde mein Mann 35ster. Es war ein passables Ergebnis für das erste Mal, wurde festgestellt. Ein Arzt hat sich auch aufstellen lassen, wurde gewählt und trat dann gar nicht an. Sogar die Zeitung hat dieses Verhalten als Bürgertäuschung beschrieben.

Dabei haben wir so richtig erlebt, dass die Politik, ich muss es leider sagen, ein wirklich schmutziges Geschäft ist. So als Einzelkandidat hat man leider überhaupt keine Chance.

Den Parteien wurden nach komplizierter Rechenart Punkte zugeschlagen. Nur Experten können dieses System verstehen. Meinem Mann wurde circa ein Jahr vorher noch ein Posten als Kreisseniorenrat für die Stadt Braunlage angetragen, inzwischen bin ich der Meinung, dass war mehr eine Loswerdenwollen- Aktion, obwohl man dabei natürlich für die Senioren viel tun kann.

Hinter den Kulissen

Von noch einer Täuschung muss ich berichten, die am Tag vor der Wahl in der Zeitung abgedruckt wurde. Der Apotheker, ein Arzt und ein Stadtrat waren auf dem Foto mit einem Defibrillator abgebildet. Laut Text wurde dem

Doktor das Gerät übergeben, welches die beiden anderen Herren gespendet hätten. Später hat uns der Apotheker mitgeteilt, dass dieses Gerät keine Spende war; sondern er hätte es allein bezahlt und es gehöre ihm. Irgendwie unverständlich. Wohl nur zu Wahlzwecken missbraucht, oder?

So ist eben Politik, hieß es. Wenn schon in der Kommunalwahl solche Methoden angewendet werden, wie soll es erst in höheren Ebenen zugehen? Die Medien teilen es uns ja oft genug mit.

Für mich zeigte sich wieder ein Gesellschaftsproblem, dass keine Rücksicht auf den notwendigen Bedarf des Normalbürgers nimmt, sondern dass eine dominierende Sparte, besser gesagt Gruppe der Gesellschaft die Oberhand hat und somit die vermeintliche Richtigkeit der Situation vorgibt, beziehungsweise das Verhalten bestimmt.
Dauernd beschäftigt mich dieses Problem und wirft viele Fragen auf.

Was mir bei der Wahl noch gravierend auffiel, auch unterstützt durch einen Zeitungsbericht über einen jungen Stadtratsbewerber, der sich bitter darüber ausließ - und ich finde, er hat recht - dass leider kein jüngerer Kommunalvertreter in den Stadtrat gewählt wurde. Das liegt wohl an der mangelnden Nachwuchsförderung, die mir besonders in der Stadt Braunlage aufgefallen ist. Leider wird nur auf vorhandene Netzwerke zurückgegriffen.

Die Stadt ist meiner Meinung nach noch meilenweit von neuen Wegen und Ideen entfernt. Ich habe den Eindruck, dass es immer um die wirtschaftlichen Interessen und nicht genug um die Menschen geht.

Eine Frage, die sich mir nun stellt, lautet: "Was wird aus der zukünftigen Betreuung von Kranken?"

Die Stadt hat nur neue Projekte zur Freizeit auf dem Zettel. Sie sind natürlich auch sehr wichtig, denn Stadt- und Geschäftsleute wollen zurechtkommen. Steuern sollen fließen und Arbeit für die Menschen muss auch geschaffen werden und erhalten bleiben. Die Hotels brauchen Gäste, und die Abwanderung der Bürger muss gestoppt werden, denn zu wenige Einwohner können die Unkosten nicht mehr tragen.

Aber zu allem sollte doch auch die Erhaltung der Gesundheit ein wichtiges Ziel sein und es müssten die Touristen und ihre Bedürfnisse bedacht werden.

Ein Stadtrat und seine verschiedenen Parteifreunde haben sich für unser Projekt inzwischen sehr interessiert, was ich noch erwähnen muss. Zu verschiedenen Treffen bei Kaffee oder Bier haben sie unsere Ausarbeitungen durchgelesen und bei wiederholten Telefongesprächen sich unser Anliegen erklären lassen, damit sie, wie wir inzwischen erfuhren, die Gesundheitsfrage für ihre Partei als ihre Idee aufnehmen konnten.

Alternative: wegziehen?

Wir wären aber sogar froh, würde die Versorgung rund um die Uhr endlich stattfinden, dann hätten wir alle etwas davon. Vor allen Dingen müßten wir keine Angst mehr haben, ob zur rechten Zeit ein Rettungswagen und ein Arzt da sind und wir auch am Wochenende, nicht wie schon vorgekommen, den Tierarzt um Hilfe bitten müssen. Unter dem Motto "Arzt ist Arzt" und jedes Mittel wäre recht, um behandelt zu werden.

Mein Fazit lautet: Wegziehen von hier, wie es ja laut Statistik schon vielfach geschieht, trotz der wunderschönen Landschaft mit gesunder Luft des einmaligen Harzes.

Leider ist uns beim Aussuchen des Wohnortes Braunlage für unseren Ruhestand ein schwerer Denkfehler unterlaufen, denn mein Mann und ich waren der Meinung, dass ein auf mit 800.000 Touristen pro Jahr ausgerichteter Ort eine gewisse Aufgeschlossenheit und Toleranz für die Menschen hätte und dabei auch neue Ideen Platz haben würden.

Allerdings muss ich gerechterweise noch bemerken, dass es seit circa einem Jahr einen neuen praktizierenden Arzt bei uns gibt. Er kommt aus Hohegeiß, wo er schon eine Praxis betreibt. Hier in Braunlage hat er zusätzlich zweimal die Woche je zwei Stunden mit übernommen.

Eine nette und kompetente Sprechstundenhilfe hat er auch. Der Apotheker hat leerstehende Räume in seinem

Haus zur Verfügung gestellt und dafür sage ich hier und jetzt DANKE!

Inzwischen wird der Doktor auch von den Braunlagern akzeptiert und die Sprechstunden sind gut besucht. Zu Anfang lief es sehr schleppend. Ich war die erste Patientin, mein Mann die Nummer 2 und wir haben dem Doc ständig Mut gemacht, bloß nicht hinzuschmeißen. Es gibt ja eine Vorgabe von der Kassenärztlichen Vereinigung, dass so und soviel Patienten da sein müssen, sonst gibt es kein Geld. Für mich unverständlich.

Natürlich sind die zwei Behandlungstage zu wenig und die Angst vor mangelnder 24-Stunden-Versorgung bleibt weiterhin, zumal ein anderer Arzt hier demnächst ganz aufhört zu arbeiten beziehungsweise. aufhören muss.

VORSORGE - WIESO EIGENTLICH?

Es ist mal wieder soweit. Zwei Jahre sind vergangen und die Mammographie steht an.

Das Land Niedersachsen hat die Untersuchungen für alle Frauen zwischen 50 und 70 seit über fünf Jahren im Programm. Ich finde, dass es wichtig ist und zwar sehr wichtig, daran teilzunehmen.

Aus Bremen (weiß der Teufel wieso von dort) habe ich eine Einladung bekommen. Seit wir in Braunlage wohnen zum dritten Mal. Am 25. April bin ich also mit meinem Mann hin nach Goslar. Eine Woche später soll das Ergebnis da sein. War es dann auch, schriftlich aus Braunschweig vom Screening-Center.

Ich wollte den Brief schon wegwerfen. Mein Mann fragte noch: "Alles klar?". Da sehe ich, dass eine nochmalige Untersuchung nötig sein soll. Für eine Biopsie liegen Zettel zum Durchlesen und Unterschreiben dabei. Wenn ich noch Fragen hätte, sollte ich zurückrufen.

Es hat mich direkt der Blitz getroffen. Inzwischen bin ich ja 66 Jahre alt und bisher war alles gut, jedenfalls im Brustbereich. Lange habe ich nur auf das Schreiben gestarrt und irgendwie habe ich mir schon wieder mal das Schlimmste vorgestellt.

Krebs, ist er wieder da? Vor circa 30 Jahren hat es mich ja schon mal erwischt und die Gebärmutter musste entfernt werden. Das war mit 36 Jahren Aber ich lebe noch, alles war nach der Operation gut.

Seit dem Brief aus Braunschweig ist die Angst wieder da. Die Dame am Telefon versuchte, mich zu beruhigen. Es wäre nur eine Mikroverkalkung und sicherlich sei alles gutartig, wie in meinem Fall vermutet. Aber ich war voller Zweifel, man weiß nie. Schlafen war die nächsten Tage natürlich unmöglich.

Nachts kommt die Angst

Zur Besprechung sollte ich am 15. Mai mit dem Ergebnis eines kleinen Blutbildes und einem Quick, (das ist die Gerinnungszeit des Blutes) wieder nach Goslar kommen.

Der Arzt erklärte mir den Vorgang der Biopsieentnahme. Vorher habe ich schon das Einnehmen der ASS-Tabletten eingestellt, die ich ja seit meinem Herzinfarkt vor fünf Jahren nehmen muss. Anschließend kam meine Unterschrift auf das Papier, soll bedeuten, dass ich über den Vorgang aufgeklärt wurde. Einen Tag später sollte der Eingriff stattfinden.

Pünktlich und mit einem etwas mulmigen Gefühl im Bauch habe ich mich auf der Station eingefunden. Mein Mann begleitete mich. Essen und mäßig trinken durfte ich vorher noch.

Ich machte also den Oberkörper frei und legte mich nach Anweisung einer Schwester bäuchlings auf ein Bett, das ein Loch hatte, in das meine Brust, in diesem Fall die linke, hineinpasste. Die Untersuchung des Arztes wurde unterhalb der Liege durchgeführt. Die Einstichstelle wurde steril abgerieben, ich bekam eine Betäubungsspritze.

Auf einem Monitor konnte der Arzt seine Arbeit verfolgen. Dann spürte ich nur noch minimal etwas. Es wurde der Kalk abgetragen und eine Probe entnommen. Auch bekam ich anschließend einen Clip eingesetzt, sodass man die Stelle schnell wiederfinden kann bei einer möglichen Operation oder für spätere Kontrolluntersuchungen.

Endlich war es geschafft. Das Liegen war tatsächlich etwas anstrengend. Ein paarmal wurde Blut abgetupft, also musste ich noch etwa zehn Minuten in der gleichen Position liegen bleiben. Dann durfte ich mich auf den Rücken legen, was eine riesige Erleichterung war. Nochmals zehn Minuten still liegen und den Arm mit der anderen Hand fest auf die Wunde drücken. Anschließend verpasste mir der Arzt ein Pflaster, sodass keine Narbe zurückblieb. Ich wurde noch aufgeklärt, dass ich, falls Fieber aufträte, die Brust rot und heiß würde, den Hausarzt aufsuchen soll, um nach Verschreibung Penicillin einnehmen zu können. Es lief aber alles ohne eine Entzündung ab.

Danach habe ich mich wieder angezogen und es wurde noch eine Abschlussmammographie durchgeführt.

Ob das viele Röntgen wohl schädlich ist? Ich fragte den Arzt, wie es weitergeht. Und wann bekomme ich Bescheid über das Ergebnis? Er meinte, es käme wohl ein Schreiben aus Braunschweig vom Screening-Center. Ob noch ein Anruf aus der Pathologie erfolgt, wüßte er nicht so genau. Irgendwie war ich sehr entsetzt, als er nicht so genau wusste, wie es abläuft. Meine Angst ist riesengroß und ich denke, dass alle Patientinnen genauso leiden. Das Nicht-Wissen ist doch wohl schlimm genug.

Ich rief im Screening-Center an und teilte der Dame dort meine Empfindung mit. Sie wollte in einem Meeting dieses ansprechen und selbst ihre Aufklärungen für die Patientinnen besser abfassen. Finde ich einmalig, denn ich wollte nicht nörgeln, sondern einen Verbesserungsvorschlag machen.

Es ist vorbei. Das Warten auf Nachricht und damit verbunden die Ungewissheit. Endlich der Anruf aus dem Krankenhaus: Es braucht nicht nachoperiert zu werden, es ist ein Adenom, also gutartig. Aber zur Kontrollmammographie soll ich in einem Jahr wiederkommen. Nicht erst wie sonst üblich nach zwei Jahren. Ein kleines Restrisiko bleibt also.

Ehrlich gesagt, es ist gar nicht so einfach das Leben, und ich denke mal, es ist das Alter, denn dann stellt sich meiner Ansicht nach vieles Unvorhergesehene ein. Jedenfalls im Gesundheitsbereich, was natürlich auch wieder individuell verschieden ist.

Mein Fazit lautet: Unbedingt an den alle zwei Jahre stattfindenden Röntgenuntersuchungen teilnehmen, denn vieles, sogar schon kleinste Anzeichen, können dabei gefunden, abgeklärt und dann entfernt werden. Für uns Frauen doch eine große Erleichterung im Gegensatz zu früher, wo oftmals nicht mehr geholfen werden konnte, da die Tumore schon viel zu weit fortgeschritten waren und somit die betroffenen Frauen leider früh, viel zu früh aus dem Leben gerissen wurden.

EIGENTÜMERGEMEINSCHAFT - NUR EIN WORT?

Schon öfter habe ich ja erwähnt, dass wir im Harz wohnen und zwar in einer Anlage mit 58 Wohnungen in zwei Häusern. Mein Mann, unsere Schäferhündin und ich wohnen seit sechs Jahren im Erdgeschoss und haben 120 qm Wohnfläche, einschließlich Terrasse. Auch wegen der großen Rückenprobleme meines Mannes wäre das Treppensteigen in obere Stockwerke nicht ideal.

Die meisten Wohnungen sind als Feriendomizile für Urlaub und Wochenende erworben worden. Wir haben uns die Wohnung als Dauerwohnsitz zugelegt. Beim Kauf dachten wir noch, da wir ja neu hierhergekommen sind (den Harz kannten wir aber schon von früher), dass es durch den Status Urlaubsort hier locker, freundlich und aufgeschlossen zugeht. Sogar die Geschäfte dürfen ja sonntags geöffnet haben.

Zu Anfang hatten wir das Gefühl auch noch, aber inzwischen ist eine unheimliche Veränderung des Miteinanders entstanden. Zur Zeit findet sehr viel Wechsel der Besitzer statt. Da die Immobilien sehr günstig, schon beinahe billig, angeboten werden - sonst ist zur Zeit gar kein Verkauf in dieser Gegend möglich - ist eine ganz andere Eigentümerschicht entstanden.

Die Vorbesitzer, viele aus Berlin, Hannover und Hamburg, natürlich in die Jahre gekommen oder auch schon verstorben, können die Fahrwege nicht mehr bewältigen. Ist ja für mich ganz verständlich.

Im Haus ist auch ein Schwimmbad, was inzwischen nur noch zu Streitereien führt, denn die Kosten sind ehrlich gesagt, kaum noch zu packen. Besonders dann, wenn man normaler Rentner und kein Pensionär ist. Mein Mann hat wiederholt schon Vorschläge eingebracht, dass zum Beispiel mit Solar das Wasser für die Heizung betrieben wird. Oder eine zeitweise oder ganze Schließung des Bades - oder zu guter Letzt, dass nur die Nutzer die Kosten übernehmen.

Oh je, dann werden wir wieder mal so richtig angefeindet besonders in der Eigentümerversammlung, die erst kürzlich war und jedes Jahr einmal stattfindet. Wir haben auch schon von anderen Verwaltern gehört, dass der Ton auf den Versammlungen wesentlich schärfer wird. Warum?

Wir hätten uns hier keine Wohnung kaufen sollen und wenn, dann eine kleine, heißt es. Es wird überhaupt keine soziale Komponente rübergebracht und wenn die Zahlungen nicht rechtzeitig erfolgen, soll man rausgeklagt werden. Da sind sich die Beiräte und der Verwalter total einig.

Wo sind wir denn, dass man aus den eigenen vier Wänden vertrieben werden kann. Muss man denn für alles heutzutage einen Anwalt bemühen?

Vor circa zwei Jahren hat sich hier schon eine Eigentümerin das Leben genommen, weil sie die Kosten nicht mehr tragen und ihre Wohnung aber auch nicht verkaufen konnte. Ist das alles ein normaler Vorgang? Ist das etwa die so hochgehaltene Gesellschaft?

Fragen über Fragen, die mich bewegen. Vielleicht müsste man dieses Thema ins Netz stellen, um eine große Diskussion anzuregen. Oder?

Da die Anlage inzwischen schon circa 40 Jahre alt ist, treten natürlich auch verstärkt Reparaturen auf, die keinen Aufschub dulden. Wenn man es so bedenkt: Wir haben mal mit 175 Euro Wohngeld im Monat angefangen. Sechs Jahre später zahlen wir schon 450 Euro monatlich, dazu kommen noch wiederholte Umlagen.

Mein Fazit: verkaufen und wegziehen in eine hoffentlich für uns zugeschnittene Wohlfühlwohnung, die wenigstens mehr Freude als Ärger bringt. Irgendwo muss es doch so etwas noch geben. Nicht nur in Spanien sondern auch hier in unserem Geburtsland. Wir werden uns sehr dafür stark machen. Ich bin jedenfalls sehr froh, dass ich durch mein Schreiben, die mir auf der Seele liegenden Dauergedanken ein bisschen abbauen konnte.

EXTRA-SCHLUSSGESCHICHTE ÜBER MEINEN GELIEBTEN PECHVOGEL"

Wir, mein Mann, der Hund und ich, sind wieder unterwegs in Richtung Spanien. Aber inzwischen bin ich direkt skeptisch, ob wir es dieses Mal überhaupt dorthin schaffen werden: einiges war anders. Das Auto etwa, ein anderes, gebrauchtes, aber Diesel mit mehr Power - wie wir dachten.

Morgens verließen wir Braunlage und zwar am 24. November 2012, um unseren Wohnwagen, den wir im circa 70 Kilometer entfernten Seesen in einer Scheune untergestellt hatten, noch mit verschiedenen Sachen zu bestücken. Und dann sollte es losgehen.

Auf der Hälfte der Fahrt hielten wir kurz an, und plötzlich hörte ich meinen Mann sagen, - es war schon mehr ein Schrei: „Der Schlüssel für den Wohnwagen, ich glaube, der hängt noch in Braunlage im Büro am Haken!" Ich traute meinen Ohren nicht, auch das noch! Also scharfe Kehrtwende und wieder zurück in einem Affentempo. Nebel kam dazu auch noch auf.

Vor Ort angekommen, raste mein Mann ins Haus: Tatsächlich, der Schlüssel hing noch. Ich hatte ja auch einen, aber ohne den Garagenschlüssel daran.

Natürlich konnten wir unsere vorgenommene Zeit nicht einhalten. Zu allem Überfluss wurden wir auf der

Straße auch noch geblitzt. Es kam mir schon vor wie an einem Freitag, dem Dreizehnten.

Vom Regen in die Traufe

Alles sollte noch viel schlimmer kommen. Endlich auf der Autobahn Richtung Kassel, waren wir aber guter Dinge und schon voller Sehnsucht nach der Wärme. Ich hatte ja lange vorher den Kalender studiert mit Daten des „Hundertjährigen" von wegen Schneeaufkommen und Kälte. Bisher hatte es immer mit hoher Treffsicherheit gestimmt. Deshalb galt für uns auch Abfahrt spätestens am 24. November, denn eine Woche später sollten Schnee und Kälte Deutschland erreichen.

Die Kassler Berge konnten wir gut überwinden. Das Auto spielte mit.

Nach circa 200 Kilometern sahen wir schon in der Ferne riesige Autokolonnen auf der dreispurigen Autobahn. Was soll ich sagen: Stop-and-go-Verkehr, ein Stau von großem Ausmaß. Im Radio kam keine Meldung, und eine Ausfahrt konnten wir auch nicht entdecken. Nach einer Stunde hatten wir höchstens zwei Kilometer geschafft. Unsere Nerven lagen wieder einmal blank. Mit Anhänger und Hund ist das eine Tortur. Bis zur französischen Grenze konnten wir es an diesem Tag auf keinen Fall schaffen, das war sonnenklar.

Plötzlich zog uns ein Gestank in die Nase. Wir dachten zuerst: „Fährt hier irgendwo ein Tiertransport?" Aber nichts dergleichen war zu sehen. Dann stiegen auch schon Dampfwolken aus unserem Auto auf. Wir sofort rechts ran gefahren - wir standen auch noch am Berg. Ich habe schnell die Klötze vor die Reifen gelegt, Warnblinkanlage angeschaltet und mein Mann blitzschnell das Handy raus und die ADAC-Pannenhilfe angerufen.

Eine halbe Stunde später war ein Abschleppwagen da. Unser Defekt war nicht vor Ort zu richten. Das Auto musste oben rauf, und der Wohnwagen wurde hinten angehängt. Nun ging es zum Stützpunkt vom ADAC an der Tankstelle Kirchheim. Wie sich nach genauerem Begutachten herausstellte, war die Kupplung defekt.

Uns wurde erstmal vorgeschlagen, dass wir eine Nacht stehen bleiben sollten, denn in 90 Prozent der Fälle würde sich die Kupplung wieder regenerieren. Aber Pustekuchen! Wir waren bei den restlichen 10 Prozent, wie wir am nächsten Tag erfahren mussten. Auf dem ADAC-Gelände durften wir uns an die Seite stellen mit dem Wohnwagen und auch die Waschräume der Tankstelle benutzen. Das Personal dieses ADAC-Stützpunktes, ich muss es hier unbedingt erwähnen, war super freundlich und hilfsbereit. Auch das Team der ESSO-Tankstelle hat uns aufgemuntert und mit Rat und Tat unterstützt.

Am Sonntag dann wurde überlegt, was zu tun sei, sollten wir nach Hause gebracht oder das Auto vor Ort repariert werden. In den Papieren hatten wir eine Servicekarte von VW, da, wie wir dachten, eine Händlergarantie sogar laut Gesetz sein müsste. Nach Anruf beim Chef des Autohauses teilte dieser mit, dass er für die Fahrfehler nicht haftbar und aus diesen Gründen keine Kostenbeteiligung zu erwarten wäre. Außerdem wäre ein VW kein Auto für Staufahrten! Diese Bemerkung hat uns umgehauen. Man müsste die Verbraucherzentralen bitten oder den ADAC, eine Warnung auszusprechen, um die Autofahrer vor unnötigen Schäden verbunden mit viel Ärger und Kosten zu warnen.

Meine Frage lautet: Ist so etwas bei unserer deutschen Qualitätsmarke Wirklichkeit? Das wäre ja unfassbar.

Ärger mit dem Auto

Der Ärger ging weiter. Die Reparatur durfte nur eine renommierte VW-Werkstatt ausführen in vier Kilometer Entfernung. Von dort wurde das Auto abgeholt. Wir sind dann auf einem Campingplatz in der Nähe gebracht worden, es war sogar ein wunderschöner, vielfach prämierter.

Dort haben wir uns aufgebaut. Als mein Mann zum Gasanstellen die Klappe zum Wohnwagen aufschließen wollte, hatte er plötzlich nur noch den Schlüssel in der Hand, der Bart stecke im Schloss. Also wirklich, jetzt reichte es langsam mit den vielen Ärgernissen! Da kam mein Reserveschlüssel doch noch zum Zuge. Wir werden einen neuen nachmachen lassen müssen beim Schlüsseldienst. Zum Glück konnten wir den Bart wieder heraus fummeln.

Vier Tage mussten wir auf das Auto warten. Uns wurde bestätigt, dass kein Fahrfehler den Schaden verursacht hatte. Also wird ein Anwalt unser Missgeschick bearbeiten müssen. Ohne geht wohl gar nichts mehr, denn die 1.500 Euro sind ja nicht von uns allein zu tragen. Das für die Reise gedachte Geld war doch nicht nur für Reparaturen gedacht. Spanien mussten wir also erstmal streichen.

Inzwischen sind die Vorhersagen des hundertjährigen Kalenders eingetroffen und die Straßen haben ein Winterkleid bekommen. Also für Gespannfahrten nicht ratsam in unserem Fall und in unserem Fall durch die traumatischen Erlebnisse nicht mehr möglich, die 3.000 Kilometer wie geplant fortzusetzen, leider.

Wir werden aber noch einige Zeit hier an diesem schönen Campingplatz bleiben und die Gegend erkunden, Städte und Weihnachtsmärkte besuchen. Sogar Einladungen zu Weihnachten und Sylvester haben wir erhalten. Wir waren wirklich angetan von dieser Herzlichkeit.

Da wir uns ja nicht in warmem Klima aufhalten können, haben wir einige Änderungen am Wohnwagen vorgenommen und ihn gegen Kälte und Nässe abgedichtet. Als erstes ließen wir unsere Gasheizung durch einen Monteur startklar machen, also mussten wieder ein paar Euro zusätzlich locker gemacht werden.

Was für ein Jahr! Ehrlich gesagt, bin persönlich froh, dass es in ein paar Wochen vorüber ist. Alles kann ja nur noch besser werden. Meine Hoffnung richte ich ganz stark auf 2013!

Happy-End für Wintercamper

Doch die Geschichte geht noch weiter. Der wirklich nette Campingplatzbetreiber verkaufte uns für wenig Geld ein Winterzelt, was er dann auch noch mit meinem Mann zusammen aufbaute. Fand ich spitze. Wir sind ja nur mit Sommerzelt ausgestattet, weil wir doch nach Andalusien wollten.

Das Vorzelt steht und kann Schnee und Wind abhalten. Inzwischen finden wir es sogar im kalten Deutschland toll. Jedenfalls haben wir uns hier schon gut eingelebt.

Nächstes Jahr werden wir aber wieder mit neuem Anlauf versuchen, in den Süden zu gelangen.

Man weiß ja: Die Hoffnung stirbt zuletzt!

p.s. Übrigens sind hier in Hessen viele spanische Jugendliche am Arbeiten. Wir haben mit einigen gesprochen. Sie sagen, alles ist besser, sogar das kalte Wetter in Deutschland, als ohne Geld im krisengeschüttelten Spanien auf bessere Zeiten zu warten.

MEIN SCHLUSSWORT

gilt verschiedenen Personen, die ich in Spanien kennengelernt habe:

Anne und Guido, Wohnmobilisten aus Schottland
Carmen Hita Iglesias, praktizierende Ärztin aus Ronda;
Dr. Gabriele Hefele, Journalistin der Zeitung SUR-Deutsche Ausgabe, Málaga

Ich sage DANKE für große, erlebte Herzlichkeit. Von allen wurde mir Mut zum Weiterschreiben gemacht, was mich sehr stark berührt hat.
Wenn mir noch ein kleiner Schub gefehlt hat, jetzt ist er da, ich mache weiter.